IT DE FÊTE

Félicien
CHAMPSAUR

OFFENSTADT FRÈRES, ÉDITEURS

PARIS

NUIT DE FÊTE

DESSINS

DE

GORGUET,

CHARLE LUCAS,

ET GEORGE BOTTINI

FELICIEN CHAMPSAUR
NUIT DE FÊTE

Un jeune homme entra dans un crâne,

sous une voûte immense.

Sur les parois de ce crâne, des fresques peintes par un artiste, — qui n'a jamais existé ici-bas, — représentaient les passions, l'amour, l'orgueil, la cupidité, l'ambition, la luxure, la gourmandise, la paresse, attirantes et souriantes, la jalousie, la colère, l'envie, jaunes et farouches. Le jour arrivait d'en bas, par les yeux caves, dont les deux fenêtres rondes laissaient pénétrer le soleil et voir, au dehors, les passants, les arbres et les trottoirs.

Étaient entrés d'autres jeunes gens

pâles, en habit noir, qui, les uns, s'étaient assis sur des bancs disposés en hémicycle; et, les autres, debout, se promenaient à travers le crâne. Une passion rongeuse, ou plusieurs, au fond de leur cœur, ils causaient sans bruit et riaient sans joie.

Bientôt vint une almée, vêtue de deuil, serrée dans sa robe souple,

comme une momie égyptienne en ses bandelettes. Elle regardait chacun et paraissait intime avec tous.

Le jeune homme veut savoir quelle est cette almée qui ressemble également à sa maîtresse; il demande à un boursier circulant :

— *Comment se nomme-t-elle?*

— Douleur. *Une femme pas chic.*

Nuit de Fête

I

Sur le coup de onze heures, à mi-carême, Pierrot s'éveilla, dans son cercueil, en plein cimetière Montmartre, car il avait voulu être enseveli dans un endroit parisien. Quel humus des trépassés est plus vivant que celui-là ?

Le Père-Lachaise est endormi

dans un faubourg pas distingué. Tout au plus, à de rares intervalles, les morts entendent le couperet de la guillotine, tranchant, sur la place de la Roquette, à côté, le cou tondu de frais d'un assassin. Le cimetière Montparnasse, proche cependant de la rue de la Gaîté, est également triste, à cause de son éloignement de l'Opéra et des Variétés. Les morts du cimetière Montparnasse

sont obligés de prendre l'omnibus pour venir sur les grands boulevards. Encore leur faut-il la correspondance.

Quant à Clamart, c'est Cayenne.

Pierrot n'avait pas voulu reposer dans un cimetière d'exilés. Il s'était amusé jadis et il avait mené la vie à électrique vitesse, si bien qu'à trente ans il l'avait usée. Mais de son cercueil de plomb, à Montmartre, — dans le caveau des Pierrots, ses aïeux, — il percevait les bruits de fête, des bouffées de musiques de bal, refrains las de carnaval, rythmes gris de valse, éclats stridents de cuivre, atténués à travers le crêpe de la nuit — ou gémissements de violons, — et les rires fatigués des viveurs.

A deux pas, pour ainsi dire, sont les grands halls joyeux de Montmartre, à deux pas, l'Opéra, où Métra et Jean Dayel, *du moins leurs spectres*, ce soir de suprême bal masqué, dirigeaient leurs orchestres.

Dans le cercueil, entre les planches mal jointes, — do, ré, mi, fa — mi, mi, do, do — mi, mi — mi, mi — ainsi que des caresses, entraient les blanches, les noires, les rondes, les triples et les quadruples croches, paillons sonores apportés par le vent, flonflons mourants, échos berceurs des turlutaines, trilles fous en lambeaux, et la valse langoureuse :

Viens avec moi pour fêter le printemps.

Les roses incertaines, des lilas insaisissables, les violettes de rêve sentaient bon ; un avril mystérieux soufflait de très tièdes et enivrantes brises ; les faunes couraient, chantaient, cherchaient le baiser, sifflaient, phalliques, et les faunesses chuchotaient dans l'ombre de bois au feuillage vert tendre, dans les bois imprécis, tels que des songes. Les vagues déferlaient doucement avec une plainte quasi sensuelle ; sur les plages, les sirènes voilées dans la gaze fluide de l'onde, dans les formes incessamment fuyantes de l'eau, appelaient.

Des valses susurraient, — mi, mi, do, do, mi, mi, — dans le rêve de son réveil, leurs bercements énervants aux oreilles de Pierrot, qui, bientôt, se leva ;

PIERROT

et sa Conscience

s'était levée avec lui.

II

Ils sortirent du caveau, dont Pierrot avait la clef dans sa poche, et, — sans suivre les rues des morts, glissant entre les monuments funéraires, heurtant les croix, effleurant les herbes, — ils s'en allèrent, bras dessus, bras dessous, voir s'il existait encore des viveurs parisiens de mi-carême. Pierrot avait aimé des femmes innombrables, ou, s'il ne les avait pas toutes aimées, il

avait fait avec elles ce qu'on fait quand on est aimé. Il avait connu des vierges qui souhaitaient ne plus l'être, des mariées à qui M. Joseph Prudhomme ne suffisait pas, de jolies filles qui, malgré leurs lèvres carminées et vendues, l'avaient adoré, puisqu'elles n'avaient ruiné que sa santé. Il s'était fait rendre par les huissiers des visites qu'il ne leur avait jamais faites et les usuriers avaient regretté son trépas, parce qu'ils perdaient, devant cette fuite, toute espérance d'être soldés, quand Pierrot serait devenu sérieux. Et Pierrot était tout blanc, avec son costume en soie crème, à larges boutons, avec sa figure poudrerizée, son serre-tête, et son chapeau pointant vers les étoiles. Mais sa Conscience était toute noire.

Elle s'appelait Pierrette, et, pour cette nuit, sans doute, Carêmette, quasi pareille, — exquisement, si délicatement androgyne, — quasi pareille, en femme, à son camarade, comme une goutte d'encre à une goutte d'eau, avec son costume fantaisiste, culotte courte de satin noir, collerette noire et corsage noir transparent, décolleté en pointe jusqu'à la ceinture, formant un cadre délicieux à la poitrine blanche et aux menus seins pointés en l'air ;

bas de soie noirs et gants noirs. Elle était noire, — sauf le visage, frais et clair comme ce qu'on voyait, rose ou blanc, si jeune et si élégant, de sa chair ingénue, car la Conscience a beau être noire, elle ne se montre jamais telle et fait toujours joli visage; — elle était noire à cause des vices de son ami, mais elle ne lui en voulait pas pour cela, et la Conscience marchait en compagnie de Pierrot, comme une sœur.

Elle avait consenti aux amours passagères de son frère et elle se prêtait encore à cette curiosité posthume.

Après s'être fait peindre, par un rapin montmartrois, deux cartes extravagantes, attachées en bandoulière, l'une à un ruban blanc, l'autre à un ruban noir, ils traversèrent le boulevard des Batignolles et virent bientôt tourner des ailes de

moulin,
   des ailes de feu, pourpre et or :

> Perché sur la haute colline,
> et coiffé d'un chapeau pointu,
> le moulin fait de la vertu
> des filles la blanche farine.

III

Pierrot et sa Conscience entrèrent dans ce hall flamboyant et diapré, que pavoisent, — l'argent n'a pas de patrie — les drapeaux de toutes les nations, et où, tandis que tintamarrent éperdument les musiques de danse, se négocie la chair de femme ; mais ils n'y demeurèrent pas longtemps. Personne n'y était joyeux. Les Desdémone, les Juliette, les Chimène — d'aucunes en maillot, les jambes brillantées de soie, — s'y promenaient, toutes les lèvres au premier venu, flirtant les messieurs capables d'un à cinq louis. Ne s'évertuant pas même à la drôlerie, des mâles ennuyés circulaient.

Six gamines anglaises, — qui tout à l'heure avaient été applaudies furieusement, trois en jeunes garçons, trois en danseuses androgynes, — à présent, parmi la foule encore, frôlées sans cesse, touchées

au passage par de gros désirs, six gamines anglaises, — jupes de soie rouge, bas noirs, dessous noirs, leurs visages impassibles, à la fois pervers et naïfs, — gigottaient une gigue extraordinaire ; deux étaient serrées dans la simple robe bleue des femmes de l'armée du salut, et coiffées du grand chapeau aux ailes en entonnoir des nouvelles évangélistes. Un homme, leur père nominatif, en jersey vert d'eau, sur lequel était écrit en lettres jaunes : *Armée du Chahut — Aimez-vous les uns les autres* — menait, se démenant de tout le corps,

la face flegme,

cette petite saturnale de famille.

Ohé! les vices! Ohé! les dépravés! Vous qui aimez la femme, c'était hier trois jeunes filles. Ohé! vous que lasse le geste séculaire et normal, leurs sœurs sont trois jeunes garçons.

Plus loin, au milieu d'un quintuple cercle d'hommes, quatre danseuses, — l'une qui commençait à être célèbre, Cloporte, et, dejà le point de mire de tous les regards, — voltigeaient, cabriolaient en un fouillis de dentelles où le sexe, pour les yeux à l'affût, de-ci, de-là, s'entrevoyait.

Les quatre filles dialoguaient, avec des coups de reins, des con-

torsions polissonnes, des déhanchements, des pieds égrillards qui frétillaient devant des sots en extase, et, parfois, les décoiffaient.

En traversant la cohue d'exhibitions, Pierrot et sa Conscience ouïrent des bribes de conversation. Une grue demandait à un vieux si corridor ne s'écrit pas avec deux l; le vieux répliquait qu'on prononce généralement avec deux l, mais qu'on écrit toujours avec deux r. Dans un coin, on parlait du cours de la rente.

Un habit noir à un autre:

— De quoi vit Chose?

L'autre habit au premier:

— Il a été riche, jadis.

Une fille, jouant de l'éventail, vicieuse et mystique, presque nue dans une robe droite transparente, imprimée de marguerites, une auréole de sainte fixée au chignon roux, fendait, en jouant de l'éventail, les groupes d'hommes.

Elle interrogeait :

— « Pour qui la femme de saint Louis ? »

« Pour moi ! » répondaient la plupart des mâles. « Pour tous ! » répondait-elle.

Et elle se campait devant ceux qu'elle croyait « sérieux ». Chacun, dans ce bal masqué, avait le souci de l'argent, les femmes de celui à gagner, les hommes de celui à ne pas dépenser.

Une blonde, nue dans un maillot clair, sous une jupe de tulle cendré semé d'étoiles, portait à la main, cyniquement, un écriteau : *Chambre à louer.*

Quelqu'un demanda :

— Sur le devant?

Elle, avec un sourire ingénu de vierge du temps des aubépines :

— Oui, mais j'ai aussi un petit logement sur le derrière.

— Combien ?

On marchandait. Vite, Pierrot et sa Conscience partirent, en fiacre, pour l'Opéra. Sur le trottoir, deux hommes, en pardessus, dont l'un, au moins, aurait dû avoir une casquette à trois ponts, se querellaient :

— Je n'ai pas de rivalité avec vous.

— Pourquoi ?

— Mais ce serait un combat naval.

Dans le hall flamboyant et diapré, pavoisé, — l'argent et le plaisir n'ont pas de patrie, — par des drapeaux de tous les pays, tintamarraient éperdument les musiques de danse ; les Ève, les Juliette, les Rodrigue, les Chimène, les Agnès, au rabais et à l'encan, se promenaient, sous les cils peints, les prunelles aguichantes, et toutes les bouches prometteuses, tandis que, ne s'évertuant pas même à la drôlerie,

les mâles ennuyés circulaient.

IV

Le présent était trop malpropre et répugnant. Le cocher, à la course, descendait vers les grands boulevards, au galop. Minuit un quart. Voyant les rues tranquilles, avec de rares passants, les deux morts se rappelaient l'époque où, chaque année, le carnaval échappé se précipitait, par toutes les voies proches de l'Opéra, délirant, fantasque, amoureux, infernal, échevelé, dans les cafés, les bals et les restaurants de nuit débordés. Ils évoquaient en route les souvenirs. La Conscience disait à Pierrot :

« — Nous avons bien fait de mourir, puisque le rire est mort, remplacé par le ricanement... Mort aussi le besoin d'aimer! Morte la fantaisie, mort le caprice, mortes les passions (sauf l'âpre désir des richesses), morte la joie! Nous, les décédés, sommes encore les plus joyeux, car, dans notre cercueil, et, maintenant, — dans cet autre « sapin », — nous éveillons les souvenances... As-tu oublié, Pierrot, Musette la blonde qui te chérit au Quartier-Latin? En fermant les yeux, revois-tu Zerbinette que tu rencontras, un soir de bal à l'Opéra, rue Le Peletier, alors, Zerbinette que tu adoras tout un été? Vous aimiez les parties en bateau, par le gai soleil, sur la Marne. Tandis qu'assise à la proue, elle laissait, les jambes pendantes, traîner au fil de l'eau ses pieds nus, tu improvisais pour elle un

poème en terza rima :

Belle, tes bras sont blancs, ton rire est argentin.
Pour moi, lève plus haut ta jupe de satin,
Montre ta chair qui | a les tons doux du matin.

Il y avait un hiatus. Sur lui (Ah! le joli point de vue!) Zerbinette leva sa robe. Les berges étaient bordées de saules, dont les branches souples se balançaient au-dessus de vous. Personne ne pouvait vous voir. Moi, ta Conscience, j'étais là ; mais je ne t'ai rien reproché, parce que tu avais vingt ans. »

V

Le fiacre arriva à l'Opéra, inondé de lumière électrique, devant lequel des sergents de ville et des gardes républicains, — ceux-ci en selle, raides et superbes, on

eût dit de vivantes statues polychromes, — contenant sur les trottoirs un millier de badauds obstinés, avaient fait le vide. Des centaines de fiacres et des coupés traversaient ainsi la place, s'arrêtant au pied de la grande façade. Mais plusieurs voitures s'arrêtaient plus loin, discrètes, sous le péristyle des abonnés.

Oh ! le pêle-mêle bigarré de carnaval, grimpant les marches, se hâtant vers les portes. Oh ! çà et là, les jolis profils sous les capuchons de soie et le loup sombre où les yeux scintillent davantage, tandis que la bouche excitée par le froid et une espérance de plaisir, avec un plus vif afflux de sang, sourit. Oh! tout cela, les seigneurs aux frusques équivoques, les pourpoints de rebut, les Tabarins, les gavrochettes, les paillasses, les soubrettes, la tribu des filles, le retroussé et le déshabillé, les zerbinettes, puis les cocodrilles, les Giangurgorlos, les déguisements légendaires, les fantaisies et les extravagances, les dominos de tous genres, un peuple en frac, bourgeois curieux en bordée de famille, haute noce et fine gouape, la marée d'habits noirs! Tout cela — Paris embarqué pour Cythère ou Lesbos, pour ici et pour là, pour loin de

soi, pour ailleurs, — partait, narines vibrantes, à l'aventure pour l'amour, pour le baiser, pour le Plaisir.

Pierrot et sa Conscience montèrent les degrés menant au vestibule. Ils n'avaient rien à laisser au vestiaire, et le nez des préposés s'allongea. Des habits noirs, debout sur l'escalier monumental, regardaient les nouveaux venants, et, surtout, les nouvelles venantes; ils regardaient, sans trouver un trait d'esprit, pendant que des spleens — masqués — tissaient, dans leurs têtes, des toiles d'araignées; ils regardaient.

Et rien de plus.

Un d'eux, Trésel, le petit duc, saisit

ET SA
CONSCIENCE

canaillement, par derrière, des deux mains, une femme dont la figure était cachée par une épaisse mantille de triple dentelle et dont les formes étaient grasses. Elle se retourna, toisa l'insolent, pour juger si elle devait pardonner, et se fit méprisante :

« — Tu n'es pas assez beau pour être si hardi. » Comme le nigaud la regardait, béat, elle reprit : « Connais-tu le proverbe ? Aux innocents les mains pleines. »

Pierrot blanc et Pierrot noir eurent, dans les corridors des loges, un passage à sensation parmi les sifflets d'ébène et les dominos de satin ou les femmes voilées. Peu d'autres masques. Jean Dayel, fin et blond, — si ce n'était lui, ce devait l'être — près du foyer, ayant autour de son orchestre quelques groupes attentifs, dilettantes ou mélomanes, exécutait une musique, aux rythmes aigus et saccadés, que sembla parfois traverser le bruit d'ailes d'un vol de cigognes.

VI

Enfin, Pierrot blanc et Pierrot noir pénétrèrent, en face de l'autre orchestre,

dans la salle,

par un large escalier droit, garni de municipaux et de lampadaires, au pied duquel les éclats des instruments, par un effet de l'acoustique baroque du monument, venaient mourir comme des vagues.

La foule était là,

qui entraîna les deux compagnons.

Au-dessus de cette foule violette, indigo, noire, verte, jaune, orangée, rouge, en gamme chatoyante; — au-dessus des plumes de toutes les couleurs, des tricornes, des dominos de lustrine, flottants ou collants, des toques, des sombreros, des tuyaux de poêle; — au-dessus des femmes en chasseresses, avec l'arc et le carquois, des reîtres, des merveilleuses du Directoire, des chiffonniers en seigneurs du temps de Louis XIV ou du gentil siècle,

des Matamore, des Scapin, des Mascarille, des bergères (qui ont souvent vu le loup), des Èves qui tentent toujours avec ces pommes gardées du paradis perdu ; — au-dessus des bedeaux, des estudiantinos, avec leurs guitares et leurs cuillères, des eunuques, des habits noirs, des pierrots, des pierrettes, des petites cigales, — patronne des poètes, *sainte Cigale, priez pour nous* — ; au-dessus des arlequins, avec leurs battes, des arlequines, des clownesses, jambes fuselées, croupes ciselées, des

Lulus, des polichinelles, avec leurs bosses, des clodoches, des Colombines, des débardeurs, des toreros, des Robert-Macaire et des Bertrand, des alguazils, des grues en bébés, des muscadines, des rigolboches; — au-dessus des masques payés et de mille habits noirs s'embêtant là aussi bien qu'ailleurs; — au-dessus des bâillements, des gausseries, des rires, du bacchanal, du sabbat et du chahut épileptiques, des pieds et des mollets en l'air, et, dans l'odeur, encore légère, des goussets humides; au-dessus des cabrioles et des sauteries disloquées,

Olivier, *le poète des Roses,*

des vagues ensorcelantes au tumulte éternel, des vagues

bleues où serpente l'émeraude des varechs, le poète des faunes qui appellent dans les halliers, — conduisant la décadence du carnaval, la tête tournée à droite, le visage rêveur et paisible, chevelure frisée et comme poudrée, moustache féline, les yeux mélancoliques semblant fixer une folie imaginaire (qui, sur le rebord d'une loge d'avant-scène semblable à un cénotaphe, expirait sans doute, renversée, et secouait encore une fois ses grelots),

Métra, *le musicien des Roses*, des roses roses, des roses blanches, des roses,

et des sveltes femmes, lui, *ou son apparence*, son souvenir revenu, profilait, l'archet à la main, derrière son pupitre, sa haute silhouette élégante — et faisait s'envoler, des violons et des cuivres,

la poésie mélodieuse.

La grouillante cohue bariolée de masques assermentés valsait, dans une buée de gaz et de poussière, contemplée par des habits noirs abrutis et par les messieurs et les dames des loges où l'on s'ennuie. Dans quelques-unes, cependant, on s'amusait. Des dominos, harponnés dans les vastes couloirs un peu mystérieux, et sur le haut du grand escalier, des femmes voilées qu'on violait presque pour s'assurer de la marchandise, tout à coup poussées au fond des loges, jetaient de petits cris.

A deux ou trois loges, peut-être, des seigneuresses masquées, attendues dans les transes et chéries ardemment, vinrent-elles toquer?

Dans d'autres loges, celles des clubs mondains et des princes de la fête, il y avait un joli vient-et-va d'élégantes, pas toujours garanties distinguées, et d'amis, tandis que, dans le haut, sans doute, d'aucuns et d'aucunes, n'entendant plus les échos des valses, des polkas, des quadrilles, le bourdonnement monotone d'une rumeur sensuelle, étaient, loin des municipaux, au paradis, séjour des bienheureux. — Métra, lui, *ou son ombre,* avec son archet, menait toutes ces choses.

Musard, face grêlée, était livide et funèbre, presque macabre, au milieu des fous joyeux, qui, parfois, le portèrent en triomphe; Strauss semblait un bourgeois bourgeoisant perdu en mauvaise et beuglante compagnie. Arban, les traits figés, des favoris, tournure flegmatique de maître d'hôtel de millionnaires, gardait une correction impassible ; Jean Dayel, yeux bleus, rêve devant le public (Pourquoi sont-ils presque toujours des mélancoliques, ceux qui créent ou déchaînent la joie ?) — Métra, très indifférent au tohu-bohu de la danse, et qui semblait ensommeillé au milieu d'une furieuse ruée au plaisir, de l'essai du moins, songeait-il, lui, qu'après cette mi carême, le printemps arriverait bientôt, avec son camarade avril?

Toujours des habits noirs, massés en admiration, dans la salle, dans la fournaise chatoyante, devant les costumés pour cent sous. Par-ci, par-là, cependant, des masques pour le caprice, et plusieurs étaient gentils. Mais on les comptait. Il y avait, par exemple, un lapin portant une carotte d'où, par instants, surgissait une poupée, chapeau de cocotte, une poupée furieuse

contre le lapin.

Une autre, insolente de rire et de joliesse, en tir aux pigeons. Une autre, bras nus, épaules nues, la bouche fraîche, en dame de cœur, des cœurs semés sur la robe; et cette devise — *Il y en a pour tout le monde* — rehaussait de lettres d'or la ceinture flottante. Une ancienne acteuse, dans le travesti de Figaro, répétait de temps en temps:

— Je taille encore ma plume et demande à chacun...

Une femme brune, sans masque, aux cheveux courts, souple et tanagréenne dans un habit noir, tenait par la taille une amie blonde, et voilée, en domino mauve; et leur duo très épris — avec un effronté et charmant zutisme de vice devant le qu'en dira-t-on — souriait au passage des regards curieux et un peu troublés qui les mariaient. A un groupe bourgeois, hommes un peu gros et dames surannées, qui les applaudissait ironiquement, la brune aux cheveux courts cria :

— Merci, braves gens.

Et, comme elle entraînait le domino mauve, elle leur jeta :

— Que Dieu préserve vos filles des nôtres!

L'amie blonde, aux frisons fous sur la nuque, pimpante, fringante, éclata de rire, et son rire tintinnabulait sous la quadruple barbe de dentelle.

VII

Une petite femme, déshabillée en libellule, en maillot de soie bleue, avec des ailes azurées qui scintillaient derrière ses épaules, se faufilait, appétissante et verveuse, la bouche fraîche, dans les groupes, parmi le

fouillis de couleurs, le tumulte d'accoutrements, en quête d'un gommeux qui lui payât ses ailes de gaze et un souper.

Paradoxes excessifs, vie à outrance, sabbat, galop, chamade, gaîté au paroxysme, plaisir à outrance, tu crois ça, ma chère? Soupera-t-on? Soupera-t-on pas?

C'est la foire aux amours.

Le reste — quoi? le reste? — était composé des chicards, des ollas podridas, des masques vêtus, sans goût, de défroques de théâtre. La petite blonde en libellule causait avec un ver luisant qui disait des bêtises. La libellule, excitante,

endiablée, se moquait de lui, et, désignant sa lanterne éteinte :

— Ce n'est pas assez, mon petit ver luisant, d'avoir une queue, il faut encore qu'elle éclaire.

VIII

De loin en loin, passaient de jolies jambes nacrées par les maillots de soie, de belles épaules nues, des cous délicieux de femmes. Là, une femme, en « mercure galant », disait à un Turc de carnaval, pantalon bouffant à jupe, le chef coiffé d'un fez, que les gens, qui portent des calottes, en méritent.

5

Pierrot noir, cependant, — la Conscience — de sa voix vibrante, sonnait à Pierrot blanc, plus blême encore, la diane des souvenirs et prétendait que le bal avait l'air d'un enterrement. Il s'écriait, en agitant, au bout de ses mains, les pans de ses manches trop longues :

« — Où sont les fous d'antan? Où le monde de Gavarni?... Notre époque est trop sage. Où le chef d'orchestre accompagnant le galop infernal qui passait comme une trombe? Il y a les désœuvrés qui ne savent rien dire que « gaga, maman, vingt-cinq louis, » et se racontent les uns aux autres qu'ils

viennent du cercle où ils ont tous taillé une banque et ont tous pris une forte culotte... Ceux qui travaillent, par nécessité, ont à s'inquiéter, eux, de leur avenir. Les jeunes, sans croyance, sans amour, sans idéal, tourmentés par la seule hantise des gains rapides, ne sont pas jeunes et n'ont pas, sur les lèvres et dans les yeux, la chanson de leurs vingt ans. Ils ne dansent pas non plus. L'inquiétude de l'argent les harcèle, parce que l'Argent est devenu Roi et dieu. On voit des vieillards qui ont plus de sourire que ces jeunes gens fanés ou avortés. Ils viennent au bal les sens glacés, cœur vide, pour y être venus, pour raconter qu'ils y sont venus, parce qu'ils ont espéré, — ces éreintés de la vie, les éreintés de là, tout simplement, qui se prétendent des viveurs, ô ironie! — tuer l'ennui, ici plus bruyant, mais aussi morne, plus facilement qu'ailleurs...; d'autres parce qu'ils ont espéré rencontrer quelqu'un, et « faire une affaire »... Où est Théo qui arborait un gilet rouge? où lord Seymour? Arsouille? où Caderousse et le prince Citron? Où sont les viveurs, les vrais, les fous? Tous morts... Et les femmes du monde? En existe-t-il encore seulement? Elles sont remplacées par des femmes riches. Où sont les intrigues, les imbroglios, les mystères? Restent les quolibets... Plus même de grandes courtisanes, mais, en revanche, les petites catins foisonnent.»

Un jeune homme qui avait une orchidée à la boutonnière et qui marchait, son claque à la main, derrière les deux camarades, graves maintenant, avait entendu l'élégie de Pierrot noir.

Il l'interrompit :

— Conscience, tu ferais bien mieux de te vendre.

Dédaigneuse, elle ne répondit pas et continua sa plainte :

« — Moi, ta Conscience, Pierrot, je regrette les lorettes de Gavarni, les masques inspirés de Daumier, je regrette les insensés, les rêveurs, les dépensiers de fortune et les dépensiers d'avenir...

« — Pas fort, ça !... non! pas moderne! pas vingtième siècle », interrompit le jeune homme qui marchait toujours sur leurs talons.

« — Je regrette, poursuivit-elle, sans prendre garde à ce sarcasme raisonnable, je regrette les aristocratiques courtisanes, je hais les grues et je pleure la jeunesse morte... »

IX

Pierrot blanc murmura doucement à Pierrot noir que, sans doute, leur jeunesse seule, à eux, avait expiré, puisque, d'ailleurs, ils étaient morts, et il montra à sa conscience une autre petite femme troussée merveilleusement, en violette, et parfumée à l'essence de la fleur. A côté d'elle, marchaient, en monôme, trente messieurs en or.

Ils représentaient les banquiers. Leur claque était recouvert de papier d'or, et leur frac aussi était en or, leur pantalon en or, leur gilet en or, leurs souliers en or. Avec ça les

gants blancs et la cravate blanche. Tous très corrects et très élégants.

Ils allaient, graves et tristes, coupant les groupes de masques et d'habits noirs. Leur monôme d'or marquait la note pécuniaire de la société moderne. *Chacun d'eux était l'Or*, personnage muet et puissant, qui vaut le talent et la noblesse. Pierrot blanc et Pierrot noir applaudirent à leur passage. Le dernier des messieurs en or se détacha du chapelet et vint aux deux Pierrots :

« — Vous devez être les deux frères... (lisant les cartes que tous deux silencieusement lui montrèrent) Ah! vous n'êtes qu'Un. Pardon! je n'avais pas vu. Le drôle de Pierrot, dédoublé, avec sa Conscience!... Savez-vous que tous les humains ne seraient pas ravis d'aise, si on pouvait diviser ainsi leur personnage et montrer leur âme? Elle serait souvent plus noire que la tienne, Pierrot. Elle est noire, ta Conscience, mais elle est gentille . . . très gentille... *Nigra sed formosa,* comme la Sçulamite du cantique. C'est égal! Vous semblez vous plaire ici comme des déterrés... Eh! Regardez donc

ce Polichinelle rouge. Sa figure même est vermillonne. Il est pourpre comme tu es blanc, toi, comme tu es noire, toi... (prenant d'un côté le bras de Pierrot blanc, de l'autre le bras de Pierrot noir, et les entraînant) Allons sabler une bouteille de champagne au buffet. Son aventure vous sera contée. C'est moi qui invite, parce que je suis en or... ou en simili, tout au moins... »

Pierrot blanc, Pierrot noir, le monsieur en or, s'échappèrent de la salle, où l'air s'empuantissait, où les odeurs salines des chairs mouillées devenaient trop fortes, et, par un des passages souterrains qui sont, de chaque côté, au-dessous des avant-scènes, ils gagnèrent les corridors des loges où (après le premier pourchas aux aimeuses du gratin, les dominos de soie et les jolies ou laides en mantilles de dentelles) se promenaient, maintenant, des femmes à maillot commun. Le long des murailles, des habits noirs étaient debout en rangs d'oignons, entre lesquels passaient les deux courants contraires d'autres habits noirs et de filles.

Une admirable gourgandine, déguisée en Zanetto, le manteau de velours usé attaché à l'épaule et

tombant jusqu'à terre, répétait d'un ton caressant ce vers unique :

Donnez-moi de l'argent, car j'aime bien ma mère.

Elle ajouta, en vulgaire prose, qu'elle « travaillait », en effet, pour sa mère, qui venait d'accoucher de son treizième enfant.

— « Le premier de la seconde douzaine », fit quelqu'un, un boulevardier à monocle.

Plus loin, une soupireuse d'amour, en centauresse, de superbes bras potelés et nus, sauf des gants jusqu'à la naissance du coude, était épatante. Le corset, — cuirasse en paillettes d'acier fin, au dessin minuscule, à la trame légère, suivant docilement les contours, — très décolleté, large d'un doigt sur l'épaule, collant, lacé d'une manière imperceptible, moulait une taille admirable, souple, onduleuse, aux mouvements serpentins, et le dessous des seins mi-nus qui surgissaient; et le maillot, couleur chair, portait, au carrefour, un fer à cheval, en argent. Oh! une magnifique bête,

tout son être splendide ayant, de ses noirs cheveux moirés sur la nuque et retombant en queue de cheval aux pointes de ses cothurnes, l'intégrité des formes qui s'engendrent, dans une parfaite harmonie successive, les unes des autres! Renversée dans les bras d'un gros monsieur, elle simulait la palpitante. Appuyée sur une jambe, tendant l'autre dans une pose très chic :

— Y a-t-il beaucoup de femmes dont la ligne soit si pure? Et tout est pareil... (avec un geste de vice ingénu qui montrait le troublant bijou). Combien donnes-tu de mon fer à cheval?

Elle reposa son pied, au talon duquel sonnait un grelot d'argent, et, pâmée, les yeux blancs, pencha sa tête sur l'épaule du gros monsieur. Il déclara qu'une femme comme ça vaut trois mille par mois et demanda à cinq de ses amis s'ils voulaient la prendre à moitié, avec lui, en commandite, chacun un jour par semaine (le septième, repos).

« – Soit, dit-elle. Et toi, mon vieux, pour ta bonne idée, tu auras le jour chic. »

X

Des éreintés étaient écroulés, dans les couloirs, sur des banquettes, en broyant du noir, même sur les balustrades de pierre du haut de l'escalier. Des curieux lorgnaient aux carreaux des loges.

Pierrot et sa Conscience aperçurent, dans un groupe d'hommes, autour d'une pêcheresse, en costume bain de mer, à crevés de chair, un banquier, — ou saltimbanquier, — qu'ils avaient connu jadis, avant leur mort, et qui, alors, possédait déjà six millions de capital et trois millions de dettes (ce qui fait neuf).

Parfois il y avait des poussées aux environs des loges. Près de l'orchestre de Jean Dayel, comme ils allaient entrer au buffet, ils entendirent un bout de discussion :

— Tu as vendu ta femme.

— Et toi aussi.

— Mais moi, j'ai fait faillite.

Il avait trafiqué de sa femme, mais

il ne l'avait pas livrée. C'était plus fort. Pierrot blanc et Pierrot noir échangèrent un sourire de tristesse mais le monsieur en or demeura impassible, car, évidemment, la femme, même mariée, pourvu qu'on ne se heurte pas au code, mais qu'on le tourne, est un animal négociable. Ils s'assirent dans la galerie, qui fait l'angle avec le foyer, et d'où ils entendaient des airs étranges de Dayel, le râclement plaintif des violoncelles. Une sauterelle, en béret mousseline sur une che-

velure châtain clair, la robe vert d'eau, avec deux longues ailes même ton, piquées de points argentés, était venue quêter une coupe de champagne. Alors, le monsieur en or commença l'histoire promise du polichinelle rouge :

« — Il était une fois un mari qui, voulant aller au bal de l'Opéra s'amuser un peu, commanda à Landolf un habit de Polichinelle rouge. Seulement, sa femme se douta d'une tromperie... (entre nous, elle avait trouvé dans les papiers de son mari une lettre du costumier, lui demandant s'il voulait une belle bosse de polichinelle ou seulement une

demi-bosse)... Madame avait cette déplorable habitude de fouiller dans les affaires de monsieur... Elle se proposa de surprendre la fourberie et de la faire expier. Elle résolut pour ce, d'aller, elle aussi, à ce bal de l'Opéra, et elle acheta un domino jaune symbolique, les couleurs futures de son mari... Mais le mari a pigé le domino jaune, par hasard, et il croit à une trahison possible de sa femme... lui ne pensant en rien être soupçonné... Tous deux sont donc venus au dernier bal. A minuit et demi, un Polichinelle rouge arrivait. Il rencontre, dans le couloir des loges, le domino bouton d'or. Le polichinelle conte fleurette au domino. Cela marche très bien, comme sur des roulettes. On va très vite sur des roulettes, et le divan en avait.. Naturellement, le couple était masqué, et il faut vous dire qu'ils avaient aussi déguisé leur voix... La dame se laisse entraîner, à une heure du matin, en cabinet particulier... S'ils sont toujours restés voilés, ils ne sont pas restés convenables. Oh! non!... Inutile de feindre plus longtemps! n'est-ce pas? Tout à coup, le polichinelle rouge enlève son loup au domino jaune, et le domino jaune, alors, arrache son masque au polichinelle rouge, criant: «Ah! vous menez une vie de Polichinelle! ah! vous vous payez une bosse. Une demie ne suffit pas. » Elle s'arrête net : « — *Ce n'est pas mon mari!* » Et lui, trépignant de joie : « — On va s'amuser un peu. *Ce n'est pas ma femme!* »... Oui, petit Pierrot, et vous, chère madame, ce n'était ni l'un ni l'autre!...

Le monsieur en or se dressa pour rejoindre le monôme des banquiers, qui repassaient, cette fois suivis par une enfilade de jolies filles éprises d'eux; mais, apercevant un polichinelle rouge tout seul, il ajouta que ce devait être le mari, dont la femme avait été fourragée au dernier bal, en cabinet particulier, par un autre polichinelle rouge, à moins que ce ne fût un troisième mari. « Ah ! la vie de Polichinelle ! » fit le monsieur en or au bossu rouge, déambulant solitaire.

— « L'avis de Polichinelle, le voici : se ficher de tout, même de l'Or. »

— « Pas possible, ça, » dit une petite femme, pourtant déguisée en hospitalité écossaise.

XI

C'était l'heure où les soupers s'organisent. On s'en allait deux à deux, chacun avec sa chacune, ou par bandes. Quelques danseurs, figurants des théâtres, et quelques danseuses, gouines au rebut, fatigués, commençaient à envahir les couloirs et le foyer.

Oh! tout cela, les seigneurs aux frusques équivoques, les pourpoints de rebut, les tabarins, les gavrochettes, les paillasses, les soubrettes, la tribu des filles, le retroussé et le déshabillé, les zerbinettes, puis les cocodrilles, les giangurgorlos, les déguisements légendaires, les fantaisies et les extravagances, les dominos de tous genres, un peuple en frac, bourgeois curieux en bordée de famille, et haute noce et fine gouape, — oh! tout cela, Paris embarqué pour Cythère ou Lesbos, pour ici et pour là, *pour loin de soin*, pour ailleurs, — oh! tout cela qui, avant minuit, partit, narines vibrantes, à l'aventure pour l'amour, pour le baiser, pour le plaisir! Soupera-t-on? soupera-t-on pas?

Des valses, flonflons mourants, échos berceurs des turlutaines, trilles fous en lambeaux, des valses agonisaient parmi la foule violette, indigo, noire, verte, jaune, orangée, rouge, dominos de lustrine ou de soie, tricornes, sombreros, tuyaux de poêle, estudiantinos, pierrots, pierrettes, arlequines, clownesses, polichinelles, muscadines, — des valses chuchotaient par-dessus les rires, le bacchanal. Et, dans les couloirs, on violait toujours des femmes.

Mais les habits noirs commençaient à s'évader. — Cependant, les trente messieurs en or, au complet,

toujours en monôme, suivis des femmes, en domino, en toilette de bal, en maillot, rassemblées, en monôme aussi, derrière le leur,

par l'omnipotence de l'or,

faisaient le tour de l'orchestre de Jean Dayel, qui jouait la valse populaire du maëstrino: *Chanson d'avril*, lorsqu'un des derniers habits noirs, mettant à sa bouche ses mains gantées, cria, du haut de l'escalier, parmi le défilé pittoresque s'en allant :

« — Qui veut souper avec Un qui s'embête à mort ? »

Un gommeux, affalé au balcon, ankylosé sur la balustrade de pierre, — surgi tout à coup — clama, pour réponse, dominant la trombe de joie de l'orchestre du glas de sa voix douloureuse:

« — Frère, il faut mourir ! »

Dans la pénombre clémente des couloirs, çà et là, dans la foule, les quolibets vieillards, des chuchotements obscènes, des éclats de rire nerveux, des paroles crues, des ca-

resses hardies, l'arome exaspéré de femmes, de la fièvre, de l'ennui, de la torpeur, soudain des poussées brutales de mufles en habit noir sur une jeune femme que bientôt trente mains lubriques soulèvent et qui, jambes éperdues, se trémousse en l'air, se débat horizontalement, sur un cercle ivre de charretiers en frac; tous les bras convergent vers un point invisible. Un moment, c'est un pince qu'on ne peut décrire, un stupre fourmillant; puis, un cri de terreur et l'éclair rose d'un peu de cuisse nue dans le frisson d'une robe envolée, de dessous qu'on fouille, de linge et de dentelles qu'on déchire pour arriver.

Pierrot blanc et Pierrot noir, écœurés de cette démence grossière, d'un rut presque silencieux, — oh! les titis, les flambards, les chicards, les balochards, débardeurs et débardeuses de Gavarni, héros spirituels, héros défunts des carnavals de jadis! — lâchèrent la Sauterelle, ne trouvant sur ses lèvres comme affadies par l'usure (on y soupçonnait la trace d'une armée de baisers payants) l'idéal rêvé pour la nuit — la nuit fantaisiste où ils s'étaient évadés de la tombe

Soudain, devant eux, une jolie silhouette de svelte femme rousse, d'un cuivre ardent, masquée d'un loup noir, mais très décolletée en une robe tombant droit, des gants noirs très longs, ne laissant voir que le haut troublant des bras nus. Un monsieur en habit noir, fleuri d'un

catleya, prosterné aux genoux de la

femme, sa main gauche tenant son claque contre terre, semblait lui murmurer un cantique d'adoration blagueuse.

Elle lui jeta, l'ayant bien examiné :

« — Oui, le chic, mais pas le chèque ».

Puis elle prit le bras d'un monsieur en or, à tête de veau, qui passait.

Autour, partout, deci, de-là, les filles se hâtaient, inquiètes de trouver un souper et le reste. Des sots faisaient semblant de rire. Ici, une bohémienne faisait tintinnabuler sur ses hanches, en un roulement lascif de danse du ventre, une ceinture de sequins.

Là, un domino violet, un évêque de Cythère, *in partibus*, au coin d'un couloir, le pied sur une banquette, en un retroussis brusque, comme pour tirer son bas de soie sur sa jambe élégante — le coup de la jarretière — montre un peu de nu; ses prunelles de chatte

amoureuse brillent et appellent. — Plus loin, ce sont des langues dardées, des coups d'éventail, des rires, des promesses, des refus qui disent oui.

Ici, encore, dans la pénombre du corridor de l'amphithéâtre, des bousculades d'enfants, des audaces de mains invisibles sur les robes, par devant ou par derrière, dans la cohue, des cris de dominos récalcitrants, des silences curieux; plus loin, l'étourdissement, la basse joie de la grande salle où grouillent les oripeaux multicolores, où montent les odeurs humaines. Et partout le marché devient plus pressant.

Une frêle blonde, toute menue,

déguisée en jockey, irradiant la jeunesse, s'avance :

— Voulez-vous un « petit tuyau », monsieur?

8

Pierrot et sa Conscience descendirent.

Au vestiaire, une femme en maillot, ayant revêtu sa pélisse, l'écartait, et, aguichante, elle disait, presque nue sur le fond sombre et velu :

— Viens te blottir dans ma fourrure, mon Pierrot chéri. Tu vois. Il y a de la place pour toi.

Les yeux étaient bleus, du bleu pâle des billets de banque.

XII

...Pierrot était tout blanc, avec son costume en soie crème, à larges boutons, avec sa figure poudrerizée, son serre-tête, et son chapeau pointant vers les étoiles. Mais sa Conscience était toute noire, quasi pareille, exquisement, si délicatement androgyne — quasi pareille, en femme, à son camarade, comme une goutte d'encre à une goutte d'eau; avec son costume fantaisiste, culotte courte de satin noir, collerette noire et corsage noir transparent, décolleté jusqu'à la ceinture, formant un cadre délicieux, à la poitrine blanche et aux menus seins pointés en l'air; bas de soie noirs et gants noirs. Elle était noire — sauf le visage, frais et clair comme ce qu'on voyait, rose ou blanc, si jeune et si élégant, de sa chair ingénue, car la Conscience a beau être noire, elle ne se montre jamais telle, et fait toujours joli visage; — elle était noire, à cause des vices de son ami, mais elle ne lui en voulait pas pour cela, et la Conscience marchait en compagnie de Pierrot comme une sœur...

Sans écouter, sans voir, ils sortirent sur le boulevard. Au coin de la place et du boulevard des Capucines, où l'annonce du bal masqué de l'Opéra flamboyait encore en lettres de gaz, il y avait rassemblement. Pierrot et sa Conscience aperçurent une femme svelte, aristocratique suprêmement. Toute vêtue de noir, serrée et fine dans sa robe comme une épée dans son fourreau, elle avait une toison de cheveux merveilleuse, couleur de pale ale, et, sur ces cheveux fauves, qui lui tombaient sur le cou en enchevêtrement buissonnier, un chapeau noir à larges ailes sur lequel était abattue une chouette ensanglantée et trépassée. On eût dit qu'elle représentait la sagesse de cette femme étrange et mystérieuse. Du chapeau tombait sur la figure un voile de dentelles. Mais, au travers des mailles arachnéennes, luisaient deux Yeux diaboliques. De tout son être ressortait un charme bizarre, fait d'un mélange de chasteté et de vice, de chair distinguée et de saveur canaille, d'ingénuité virginale et des deux beaux péchés mortels, l'orgueil et la luxure.

Les passants se plaçaient sur deux

rangs pour laisser passer l'inconnue voilée.

Un chiffonnier, d'une quarantaine d'ans, bachelier malchanceux, lâchant l'ouvrage un instant pour baguenauder et voir les gens qui tâchent de s'amuser, métier difficile, l'admirait, avec des yeux pleins de désir et de stupre. Depuis longtemps, — deux ans, — il n'avait pu se payer une femme convenable, car il ne s'avilissait pas, à cause du parchemin qu'il avait reçu jadis.

Le pauvre diable, caressant le manche de son crochet, rageusement, grommela :

— Et pourtant, moi aussi je ban...

Elle entendit seule le dernier mot plus roide encore que le manche que le chiffonnier lui montrait et détourna une seconde la tête vers lui, — méprisante et flattée.

D'où venait-elle? On ne l'avait pas vue au bal de l'Opéra. Était-elle dans une loge? Pourquoi était-elle seule? Était-elle tombée sur le boulevard d'une des étoiles qui scintillaient au ciel par milliers?

Où allait-elle, si élégante et si fine? Où allait cette sveltesse dont les yeux avaient parfois, sous le voile, la coruscation de deux étoiles?

Les Yeux étaient extraordinaires. Il semblait tout de suite qu'ils donnaient le vertige à qui les fixait, des Yeux tentateurs, des Yeux de volupté, de tendresse, de mensonge, des Yeux d'incantatrice où les prunelles brillaient comme deux émeraudes. Tantôt on eût dit qu'ils vous frôlaient, ces Yeux de magicienne et de démoniaque, avec un regard dolent, avec un regard câlin de lumière et de douceür ; tantôt, despotiques, striés d'or, pailletés d'étincelles, ils étaient des jardins infinis d'étranges fleurs vénéneuses épanouies en leur pureté.

Leurs lueurs attiraient.

XIII

Pierrot blanc s'avança vers Elle. Avec un aplomb fou, son bras se courbant autour — la main preneuse — de la souple taille :

— Celle-ci, dit-il, doit être plus spirituelle que les autres.

L'inconnue, après une subite et instinctive rébellion de son corps, fixa l'audacieux; puis, ne résistant au bras enveloppeur que ce qu'il faut pour une pudeur charmeuse :

— Non, je suis bête.

— Alors, causons.

— C'est cela. Vous soutiendrez votre esprit, et moi ma bêtise.

— Tu es le salon ? ou le théâtre ?

— Non, je suis la rue.

Alors, avec une affectation d'infinie politesse, il offrit son bras; elle accepta. Le fantaisiste se mit à parler d'amour, car il sentait un fluide le griser, évadé, s'évadant sans cesse de la mignonne main gantée et appuyée, le conquérant tout entier, lui persuadant qu'Elle réalisait son idéal féminin. Elle écoutait, répliquant toujours à ces enthousiasmes par des réponses sceptiques et drôles. Pierrot causait en cherchant les mots dans son cœur, elle dans son esprit. La Conscience marchait derrière en portant la traîne de la robe, car, aux heures d'enivrement amoureux, la Conscience se fait souvent humble et lâche. Toutefois, elle chuchota, doucement, à l'oreille de son ami :

— Prends garde, Pierrot. Elle est une de ces femmes artificielles exquisement peintes et fardées, délicieusement habillées et costumées, trop jolies, plus belles en apparence que n'est la nature...

— Eh bien ?

— Au déballage, rien dessous.

Pierrot, blanc, ne se soucia point de l'observation de sa Conscience. Il entraîna l'inconnue en cabinet particulier. Pierrot fit pourtant — malgré son envoûtement soudain par le coup de foudre sexuel dont sa moelle, son cerveau, tous ses nerfs tressaillaient — une remarque saugrenue, mais raisonnable, devant les résistances de sa maîtresse (puisqu'elle allait l'être)

— Les femmes sont bien souvent comme les écrevisses. Elles ne reculent que pour être mieux mangées.

Certes, il aurait volontiers chipé

des baisers sur les Yeux de cette femme qui scintillaient toujours, sous le voile, avec d'inouïes férocités, ou des douceurs câlines. Au travers des mailles arachnéennes, ils luisaient, les deux Yeux diaboliques, aux prunelles pâles et vertes où s'allumaient, flambaient, — pour accompagner des phrases aux vibrations enjôleuses, — des lueurs phosphorescentes; des Yeux où semblait que restât le reflet du feu qui brûla les villes maudites, Sodome, Gomorrhe, Séboïm, Adama, dans un peu de l'eau morte des lacs asphaltites. En vérité, de cette femme inconnue, Pierrot et sa Conscience ne

voyaient que la silhouette élégante, aux mouvements onduleux, aux gestes rares et précieux, et, surtout, — ne laissant plus voir qu'eux, à certaines minutes, — les extraordinaires Yeux caressants ou mauvais, d'où fluait le regard mystérieux des sphinx.

Ils étaient pénétrants et luxurieux, ils suscitaient le désir, la folie, ils chantaient, avec de la clarté, les appels frissonnants, ils pleuraient les sanglots où l'on se pâme; ils rejetaient celui qui implore aussitôt après l'accueil éperdu; ils étaient curieux, ces Yeux, curieux de voir, d'aimer, de faire jouir, de faire souffrir, de faire mourir. — Et c'étaient des Yeux ingénus aussi, où rit l'âme d'une enfant.

Au bas du voile, la ligne rouge de lèvres friandes transparaissait, une bouche de délice,

une fleur de plaisir.

Le souper était servi. Mais, sans y toucher, tous deux avaient éloigné la table du divan où ils s'étaient assis, la Conscience en face. A présent, dans un coin, elle paraissait rêver, indifférente, quand, tout à coup, comme elle se levait, Pierrot se précipita, pour la retenir, aux pieds de la belle aux cheveux fauves, et embrassa ses pieds minuscules. Estimait-elle les amants qui sont fiers, ou s'offrait-elle ? Il lui murmurait :

— Je baise vos genoux.

Elle répliqua :

— *Excelsior*, mon cher.

Relevé, il la renversa à demi sur les coussins; mais, redressant son buste et se reprenant, — les mains abandonnées cependant, et la bouche prometteuse — elle le fouailla d'un mot blagueur. A ses genoux de nouveau, il frôlait de ses doigts rampants et fiévreux l'inconnue, prenant sur les bas de soie noirs les chevilles frêles, caressant les jambes graciles, puis, — comme elle arrêta, d'un éclair des Yeux, le fourragement sous les jupes, — contournant de leur prétentaine les cuisses tanagriéennes, écrasant sa bouche au giron de la robe, où il s'énervait à la magie cachée de la femme. Redressant la tête, il aperçut un sourire troublant de démone aux sept tentations. Comme il étreignait une croupe ronde, des hanches ambiguës, indécises, d'adolescente ou d'éphèbe, comme ses mains montaient aux seins et s'y crispaient, elle dit :

— Qu'allez-vous me donner?

— Tout ce que j'ai est à toi.

Elle était pour lui l'illusion ; cette femme réunissait en elle, pour Pierrot, toutes les perfections ; plus elle demeurait mystérieuse, plus elle restait l'inconnue, plus il l'aimait absolument, Elle, rien qu'elle. Sans compter que Pierrot avait, en son âme, ingénue malgré tout, gardé la curiosité des enfants précoces, des adolescents devant le mystère de la femme; encore que la femme est naturellement une divinité, une Idole, celle-ci lui paraissait l'idéal poème d'esprit et de chair, en qui sont assemblés tous les prestiges, et dans ses Yeux abaissés sur ses yeux, il lisait, n'osant y croire encore, l'invitation au voyage; il voyait, en une extase, dans ses prunelles d'or vert, la nébuleuse de leurs baisers innombrables. Il disait, le cœur défaillant, la voix étranglée :

— Je te désire, je t'aime, je t'adore.

Un sourire de faunesse moqueuse et fuyante retroussa aux coins la bouche rouge. La Conscience s'était approchée; elle sembla parler à Pierrot : « Je suis le Sentiment, je peux te suivre. Toi, tu es la sensualité, presque le vice, tu es la Sensation. N'aie pas peur, je suis encore là, te tenant par la main. » A quoi songeait l'inconnue? Elle susurra:

— Tout ce que tu as est à moi. Me donnes-tu ta force, ton intelligence, ton cerveau, ton cœur?

— Tout.

— Et ta Conscience? *La sacrifieras-tu pour moi?*

Pierrot eut un sursaut. Sa camarade, il fallait la chasser. Non, cela, il ne pouvait pas. Alors, la voix cruelle, elle rompit l'enlacement; et sous les paupieèrs frangées, les prunelles d'or vert étaient hallucinantes. Il ne voulait pas :

— « Mon cerveau, mon cœur, ma force, tu vas recéler tout cela. Qu'est-ce que tu en feras ? »

Elle répéta :

— Je veux tuer ta Conscience.

Son corps était souple et gourmand; ses Yeux sondaient l'homme hésitant; une volupté promise et désirée cambrait la poitrine et entr'ouvrait les lèvres rouges, — les lèvres inconnues, — sur la nacre éblouissante des dents; la bouche minuscule et perverse — qui attendait — tremblait, frissonnait pour des baisers fous, dans l'oubli du divan profond; la bouche sentait bon et fort, comme une fleur, comme un œillet pourpre, avec son odeur de poivre. La démone semblait toute nervosité, toute jeunesse, et sa grâce adolescente et vicieuse avait pourtant l'attirance d'être fripée. Il la ressaisit, et, voulant boire dans ses yeux l'eau morte des lacs maudits, voulant conquérir, sceller, baiser cette bouche ironique et irritante:

— Je veux tuer votre Conscience. Y consentez-vous?

Il ne pouvait plus résister; il chuchota:

— Oui.

— Tu n'auras pas de remords ?

— Tu n'auras plus de reculs?

Lentement, avec des prières d'amour, avec des litanies manuelles et labiales, il montait — abolissant toutes les femmes passées en cette inconnue, rêvant en elle toutes les autres, — à la bouche de la chimère, en une exaltation, il montait aux lèvres rouges et friandes, dont le frémissement l'appelait, il montait, ses lèvres frissonnantes aussi, les yeux grisés d'elle sur les chers Yeux prenant d'avance l'impossédée.

Elle se renversa, coquette et calculatrice; les lèvres de Pierrot étaient sur ses lèvres, sans les effleurer, en aspirant le souffle, la saveur; voilà que les Yeux, sous le magnétisme de l'homme, se troublent, vagues, — tout à coup couleur d'absinthe.

Un sanglot, près d'eux, fit cesser le vertige. Dans un

coin de la chambre, la Conscience pleurait.

L'inconnue se leva, ayant pris la lampe et l'ayant posée à ses pieds, sur le tapis du cabinet particulier, pour se dévêtir dans la pénombre; et Pierrot resta agenouillé car elle se déshabillait lentement. Elle connaissait bien, sans doute, son ami Pierrot, la Conscience; cessant de pleurer, elle regardait maintenant, avec une moue de gavrochette, sachant que, souvent, la possession tue le désir.

L'inconnue se déshabillait.

D'abord, elle ôta son voile. Or, sous les dentelles, en étaient d'autres.

Elle défit sa robe, mais, dessous, apparut une autre robe exactement semblable. Elle ôta ses gants qui en cachaient d'autres; puis, s'asseyant, elle croisa sa jambe sur l'autre et fit choir de petits souliers

de satin noir, sur chacun

desquels étaient croisés, en guise de boucles ou de bouffettes, deux osselets (sans doute deux phalanges des doigts d'une main d'enfant). Elle laissait voir, jusqu'à la jarretière, une de ses jambes grêles, mais cambrée et harmonieuse dans le bas de soie. Et la belle retira ses bas qui en

découvrirent de nouveaux absolument pareils. La mystérieuse se déshabillait sans cesse. Mais elle demeurait toujours vêtue de la même façon, si elle devenait de plus en plus mince. Les Yeux avaient de fascinatrices lueurs phosphorescentes, et toujours elle gardait son exquisité de lignes. Mais le pluriel de lignes devenait de plus en plus singulier.

Pierrot se demandait si son rêve allait être insaisissable comme tout infini bonheur. Enfin, elle rejeta le dernier pantalon de dentelle et surah, ôta les derniers bas de soie noirs, les derniérs petits souliers qui avaient en croix des osselets microscopiques, écarta, en laissant choir les derniers gants noirs, une chemise qui s'ouvrit, par devant, du haut en bas, sur sa joliesse.

Quand elle fut toute nue, — les seins étaient du rêve, les bras étaient du songe, les jambes, les cuisses, la mousse brune (où son front voulait s'abattre à côté, vaincu par le plaisir, voluptueusement saturé du parfum de cette fleur de femme si souhaitée, nostalgique, il semblait, à jamais), ses jambes, ses hanches étaient immatérielles, ses seins étaient de rêve, ses bras étaient du songe, — quand elle fut toute nue, il n'y avait plus rien.

Et, dehors, les agonies du bal masqué, bruits de fête, bouffées de quadrilles exténués et de valses dernières, rythmes en lambeaux à travers les tulles de la nuit, gémissements suprêmes

de violes, et dans le cabinet, des rires fatigués, dans le cabinet, le petit local de joie au divan cramoisi, à la glace rayée d'inscriptions, entraient, glissant sous la porte, comme dans leur cercueil, il y a quelques heures, les blanches, les noires, les rondes, les triples et les quadruples croches, paillons sonores et langoureux d'un piano voisin, — do, ré, mi, fa, — mi, mi, do, do, — mi, mi, mi, mi, — valse langoureuse de turlutaines. Demain encore, les roses roses, les roses blanches, les roses rouges, les gais lilas, les violettes cachées, embaumeront l'avril; le printemps soufflera les tièdes, les enivrantes brises ; d'autres faunes courront, chanteront, appelleront Une valse susurrait, — mi, mi, do, do, mi, mi, — dans le petit local de joie si mélancolique maintenant, ses bercements langoureux.

Alors, doucement, la Conscience, doucement vint vers Pierrot, qui était triste, si triste, prêt à pleurer, et qui n'osait lever les yeux sur elle, que — sans pitié — il avait chassée pour plaire à cette femme, si vite disparue ; et, sœur consolatrice, elle lui

dit doucement :

— Le désir vaut mieux que tout. Qu'est-ce que cela fait, le reste ? Tu n'es point dupe, *puisque tu l'as désirée assez pour me trahir.*

XIV

Pierrot et sa Conscience, la tête basse, ayant le souvenir des délicieuses nuits du temps où ils étaient jeunes, se disant qu'ils avaient vu, depuis qu'ils étaient sortis du cercueil, beaucoup de femmes, mais aucune qui eût un amour autre que celui de l'or, même de l'argent, reprirent, à pied, le chemin du cimetière Montmartre.

Beaucoup de chocs aujourd'hui, presque jamais d'étincelles. Pierrot s'était ruiné pour ses maîtresses, mais du moins elles étaient folles avec lui qui était fou, et ni l'amoureux ni l'amoureuse n'avaient acheté du trois pour cent.

Les temps sont sérieux.

A l'aube, dont les rayons éclairaient sur les toits les tuyaux innombrables des cheminées de Paris, tous deux, fatigués de la nuit, rentrèrent dans leur caveau.

Et la Conscience dit à Pierrot,

tandis qu'ils se recouchaient sous leur linceul mortuaire, côte à côte :

— *La joie est bien lugubre.* Nous n'avons trouvé qu'une femme qui réalisât le rêve, et, comme tout idéal, nous n'avons pu l'étreindre. Nous aurions mieux fait, compagnon, de ne pas vouloir l'impossible, et, comptant parmi les morts, *de rester chez nous.*

FIN

ROMANS DE FÉLICIEN CHAMPSAUR

Dinah Samuel, mœurs de théâtre (Ollendorft), 11e mille 3 50

Regina Sandri, mœurs de théâtre (Ollendorff). 3 50

L'Amant des danseuses, roman moderniste. Épuisé. 3 50

Le Mandarin, trilogie sociale : *Marquisette* — *L'Arriviste* — *Une Aimante*. (L'édition en 3 volumes, épuisée — revue définitivement par l'auteur — sera publiée complète, en un fort volume de 800 pages). 3 50

Un Nid détruit, vie parisienne (Flammarion), 6e mille 3 50

La Glaneuse, vie parisienne (Fasquelle, éditeur), 7e mille. 3 50

Sa Fleur, vie parisienne (Fasquelle, éditeur), 5e mille 3 50

La Faute des Roses, roman de France et d'Italie (Eugène Fasquelle, éditeur), 12e mille 3 50

Poupée Japonaise — Sameyama — roman nippon (Eugène Fasquelle, éditeur), 7e mille. 3 50

Lulu, roman clownesque illustré (Eugène Fasquelle, éditeur), 18e mille 3 50

Le Semeur d'amour (Yoni et Lingam), roman indou (Eugène Fasquelle, éditeur) 11e mille . . 3 50

Impr. Als. anc^t G. Fischbach, Strasbourg. — 658

NUIT DE FÊTE

par

FÉLICIEN CHAMPSAUR

www.ingramcontent.com/pod-product-compliance
Ingram Content Group UK Ltd.
Pitfield, Milton Keynes, MK11 3LW, UK
UKHW021107290826
14628UKWH00014B/862